Der Wurstdieb

Wilhelm Busch

copyright © 2023 Culturea éditions
Herausgeber: Culturea (34, Hérault)
Druck: BOD - In de Tarpen 42, Norderstedt (Deutschland)
Website: http://culturea.fr
Kontakt: infos@culturea.fr
ISBN:9791041949366
Veröffentlichungsdatum: FEBRUAR 2023
Layout und Design: https://reedsy.com/
Dieses Buch wurde mit der Schriftart Bauer Bodoni gesetzt.
ER WIRT MIR GEBEN

Hier hängt die Wurst dort an der Mauer
Steht Louis heimlich auf der Lauer.

Und schon bemerkt man sein Bestreben,
Sich eine Wurst herauszuheben.

Jetzt hat er sie und schleicht davon;
Doch Graps, der Hund, erblickt ihn schon.

Eh' Louis denkt, daß er ihn packe,
Hat Graps ihn hinten bei der Jacke.

Die zwei, die schaun sich ins Gesicht,
Der eine froh, der andre nicht.

Graps aber trägt mit sanftem Schritte
Die Wurst zu seiner stillen Hütte.

Indessen Graps sich so ergötzt,
Hat Louis aufrecht sich gesetzt

Und will ganz heimlich sich soeben
Aus dieser Gegend fortbegeben.

Doch Graps, der wachsam, zieht ihn wieder
Mit kühnem Griff nach hinten nieder.

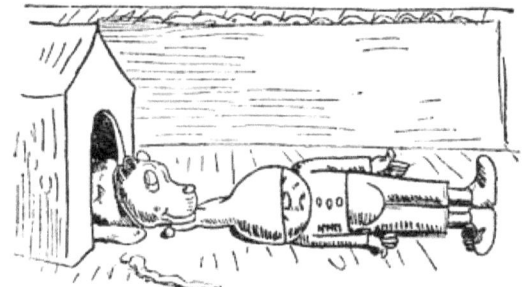

Er legt sich klüglich auf die Spitze
Von Louis seiner Zipfelmütze.

Der treue Graps, der denkt sich: Nun
Kann ich getrost ein wenig ruhn!

Doch Louis zog ganz in der Stille
Den Kopf aus seiner spitzen Hülle

Und wäre glücklich fast entkommen,
Hätt' ihn der Graps nicht festgenommen.

Er steht und darf sich nicht bewegen;
Von oben strömt ein kühler Regen.

Der Regen wird zu kaltem Reif;
Der Louis friert ganz starr und steif.

Der gute Nachbar sah ihn stehn
Und will mit ihm zum Ofen gehn.

Bauz! Klirr! er stolpert an der Schwelle;
Der Louis ist ein Eisgerölle.

Da nimmt der gute Nachbar schnell den Besen
Und fegt hinaus, was Louis einst gewesen.